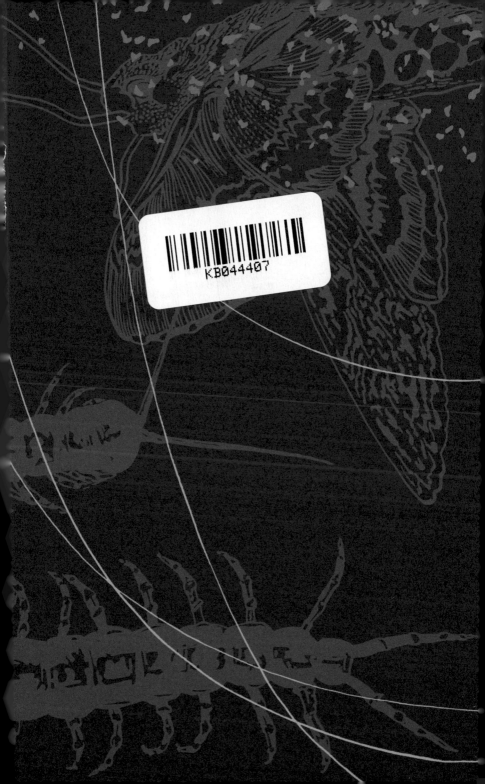

KB044407

이상한 도서관

ふしぎな図書館

FUSHIGI NA TOSHOKAN
by Haruki Murakami

Text copyright ⓒ 2005 by Haruki Murakami
First published in Japan in 2005 by Kodansha Ltd., Tokyo.

Korean translation rights arranged with Haruki Murakami, Japan
through THE SAKAI AGENCY and BOOKPOST AGENCY.

German edition with illustrations by Kat Menschik published in 2013
by DuMont Buchverlag, Cologne, Germany.

이상한 도서관

초판 1쇄 2014년 5월 20일 | 초판 3쇄 2014년 5월 30일
지은이 무라카미 하루키 | 그린이 카트 멘쉬크 | 옮긴이 양윤옥
펴낸이 임홍빈 | 펴낸곳 (주)문학사상 | 디자인 오필민디자인
주소 서울특별시 송파구 중대로38길 17(138-858) | 등록 1973년 3월 21일 제1-137호
전화 02-3401-8540 | 팩시밀리 02-3401-8741
홈페이지 www.munsa.co.kr | 이메일 munsa@munsa.co.kr

ⓒ 문학사상, 2014년 printed in Korea.

ISBN 978-89-7012-903-7 03830

이상한 도서관

무라카미 하루키 소설

카트 멘쉬크 그림 | 양윤옥 옮김

문학사상

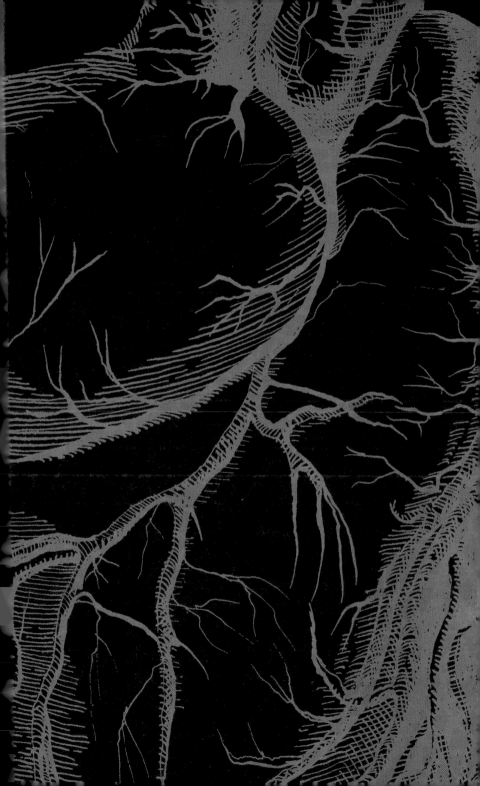

1

도서관은 평소보다 훨씬 더 괴괴했다.

나는 그때 새 가죽구두를 신고 있었기 때문에 회색 리놀륨 바닥 위를 걸어가자 뚜벅뚜벅 하는 딱딱하고 마른 소리가 났다. 어쩐지 내 발소리가 아닌 것 같았다. 새 구두를 신으면 발소리에 익숙해지기까지 꽤 시간이 걸린다.

대출 코너에는 한 번도 본 적이 없는 여자가 앉아서 두꺼운 책을 읽고 있었다. 좌우 폭이 아주 넓은 책이다. 오른쪽 눈으로 오른편 책장을 읽고 왼쪽 눈으로 왼편 책장을 읽는 것처럼 보였다.

"실례합니다." 나는 말을 건넸다.

그녀는 털썩 소리를 내며 책을 책상 위에 내려놓고 얼굴을 들어 이쪽을 보았다.

"책을 반납하러 왔어요." 나는 안고 있던 책 두 권을 카운터에 올려놓았다. 한 권은《잠수함 만드는 법》, 또 한 권은《어느 양치기의 회상》이다.

그녀는 책 표지를 넘겨 대출 기한을 살펴보았다. 물론

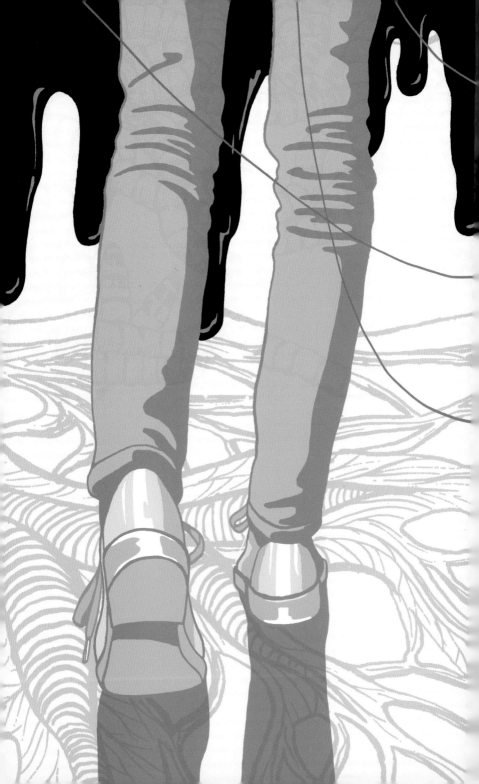

기한 내에 가져왔다. 나는 날짜나 시간 약속은 정확히 지킨다. 어머니가 항상 그렇게 하라고 말했기 때문이다. 양치기도 마찬가지다. 양치기가 시간을 지키지 않으면 양들이 엉망으로 흐트러지고 말 테니까.

그녀는 대출카드에 '반납'이라는 스탬프를 쾌앙 찍고, 그러고는 다시 책 읽기에 들어갔다.

"책을 찾고 있는데요." 나는 말했다.

"계단을 내려가서 오른쪽." 그 여자는 고개도 들지 않고 말했다. "곧장 가서 107호실."

2

긴 계단을 내려가 오른쪽으로 꺾어져 어둠침침한 복도를 곧장 나아가자 분명 107이라는 번호판이 걸린 문이 있었다. 몇 번이나 이 도서관에 왔었지만 지하층이 있었다니, 처음 듣는 얘기다.

극히 평범하게 문을 두드렸을 뿐인데 방망이로 지옥의 문이라도 내리친 것처럼 불길한 소리가 주위에 울려 퍼졌다. 나는 그대로 몸을 돌려 집으로 달아나고 싶어졌다. 하지만 달아나지 않았다. 그런 식으로 길들여졌기 때문이다. 일단 노크를 했으면 대답을 기다려야 한다.

"들어오세요." 안에서 소리가 들려왔다. 나지막하지만 쩌렁쩌렁한 목소리였다.

나는 문을 열었다.

방 안에는 낡아빠진 작은 책상이 있고 그 뒤에 자그마한 몸집의 노인이 앉아 있었다. 얼굴에는 마치 파리가 꾀어든 것처럼 자디잔 검은 반점이 나 있었다. 머리는 벗어지고 두툼한 렌즈의 안경을 썼다. 어딘지 모르게 어설픈 방식으로 벗어진 머리였다. 마치 강한 산불의 흔적처럼 흰 머리가 배배 꼬인 채 머리통 옆으로 둥글게 달라붙었다.

"어서 오게, 어린 친구." 노인은 말했다. "무슨 볼일로 오셨나?"

"책을 찾고 있는데요." 나는 자신 없는 목소리로 말했다. "하지만 바쁘신 것 같으니까 나중에 다시⋯⋯"

"아니, 내가 바쁠 일이 뭐가 있겠나." 노인은 말했다. "그게 내 할 일이니 어떤 책이든 찾아드려야 하고말고."

어쩐지 묘한 말투, 라고 나는 생각했다. 얼굴 역시 그 말
투 못지않게 으스스하다. 귀에는 기다란 털이 몇 줄기 삐
죽 나 있었다. 턱 밑의 살집은 마치 터진 풍선처럼 아래로
축 늘어졌다.

"어떤 책을 찾으시는가, 어린 친구?"

"오스만튀르크 제국의 세금 징수법에 대해 알고 싶어
요." 나는 말했다.

노인의 눈이 번쩍 빛났다. "흠, 오스만튀르크 제국의 세
금 징수법이란 말이지? 거참, 아주 흥미롭구먼."

3

나는 그곳에 있기가 몹시 거북스러웠다. 게다가 솔직히
말해 오스만튀르크 제국의 세금 징수법을 꼭 알고 싶은
것도 아니었다. 학교에서 돌아오는 길에 무슨 겨를엔가
퍼뜩 생각났을 뿐인 것이다. 아, 그러고 보니 오스만튀르
크 제국이란 데는 어떤 식으로 세금을 거둬들였을까, 라
고. 그리고 모르는 것이 있으면 즉시 도서관에 가서 알아

보아야 한다고 나는 어렸을 때부터 길들여진 것이다.

"하지만 괜찮아요." 나는 말했다. "꼭 알고 싶었던 것도 아니고, 상당히 전문적인 것이라서……"

나로서는 조금이라도 빨리, 어쩐지 으스스한 이 방에서 떠나고 싶었던 것이다.

"무슨 소릴 하는 겐가!" 노인은 불끈한 듯이 말했다. "이곳에는 분명하게 오스만튀르크 제국의 세금 징수법에 대해 다룬 책이 몇 권이나 있어. 이 도서관을 얕잡아보는 것인가, 어린 친구?"

"아뇨, 그런 게 아닙니다." 나는 당황해서 말했다. "얕잡아보다니요, 천만의 말씀이에요."

"그렇다면 여기서 얌전히 기다리고 있게."

"네." 나는 말했다.

노인은 등을 구부려 의자에서 끄응 일어서더니 방 안쪽에 있는 철문을 열고 그 건너편으로 사라졌다. 나는 그곳에 서서 십 분쯤 노인이 돌아오기를 기다렸다. 조그맣고 까만 벌레가 몇 마리나 전등갓 뒤를 바스락바스락 기어다니고 있었다.

노인은 이윽고 두툼한 책 세 권을 품에 안고 돌아왔다. 모두 엄청나게 오래된 듯한 책이어서 방 안에 금세 해묵은 종이 냄새가 감돌았다.

"이것 봐." 노인은 말했다. "《오스만튀르크 제국의 세금 사정》, 그리고《오스만튀르크 제국 세금 징수인의 일기》, 또 하나《오스만튀르크 제국의 세금 거부운동과 탄압》. 분명하게 있잖은가."

"네, 정말 고맙습니다." 나는 공손히 인사했다. 그리고 그 세 권의 책을 들고 방에서 나오려고 했다.

노인이 내 등에 대고 말을 건넸다. "아, 잠깐 기다리게. 그 책은 세 권 모두 대출 금지야."

4

들여다보니 분명 각 책마다 책등에 대출 금지라는 빨간 라벨이 붙어 있었다.

"읽고 싶은 사람은 저 안쪽 방에서 읽고 가도록 하고 있네."

나는 손목시계를 보았다. 다섯 시 이십 분이었다. "하지만 이제 곧 도서관도 문 닫을 시간이고, 저는 저녁 먹을 때까지 집에 가지 않으면 어머니가 걱정하실 거예요."

노인의 긴 눈썹이 하나로 맞붙었다. "폐관 시간 따위 문제될 거 없어. 내가 괜찮다면 괜찮은 게야. 아니면 내 호의가 마음에 들지 않는 것인가? 나는 대체 무엇을 위해 이런 무거운 책을 세 권이나 끙끙거리며 들고 온 거야, 엉? 운동을 하기 위해서 들고 왔나?"

"정말 미안합니다." 나는 사과했다. "폐를 끼칠 생각은 없었어요. 저는 그저 대출이 금지된 책인 줄 모르고……"

노인은 잠시 힘겹게 기침을 하더니 휴지에 가래 같은 것을 퉤 뱉어냈다. 얼굴의 반점이 분노로 인해 푸르르 떨리고 있었다.

"이건 알고 모르고의 문제가 아니야." 노인은 말했다. "내가 너만 할 때는 어땠는지 알아? 책을 읽을 수 있다는 것만으로도 감지덕지였어. 시간이 늦었다느니 저녁 먹는 데 늦는다느니, 지금 무슨 시시한 소리를 지껄이는 겐가."

"네, 알겠습니다. 이 책, 삼십 분만 읽고 갈게요." 나는 말했다. 나는 뭔가를 딱 잘라 거절하는 데 영 서툰 것이다.
"하지만 그 이상은 정말로 안 돼요. 어렸을 때, 길을 가다
가 크고 검은 개에게 물린 적이 있어서 그 뒤로는 제가 조
금이라도 늦으면 어머니가 좀 이상해져버리거든요."
　노인의 얼굴이 약간 누그러들었다.
"흠, 여기서 책을 읽고 가겠단 말이지?"
"네, 읽고 가겠습니다. 삼십 분 정도라면……"
"그렇다면 이쪽으로 오시게." 노인은 내게 손짓을 했다.
문 건너편은 어슴푸레한 복도였다. 수명이 다해가는 전구
가 어른어른 흔들리는 빛을 내고 있었다.

5

"내 뒤를 따라와." 노인은 말했다.
　한참 들어간 곳에서 복도는 좌우로 갈라졌다. 노인은 오
른쪽으로 꺾어들었다. 잠시 걸어가자 복도는 다시 좌우로
갈라져 있었다. 노인은 이번에는 왼쪽으로 꺾어들었다. 갈
림길이며 샛길이 몇 번이나 나왔고, 노인은 그때마다 딱히

생각해보는 기색도 없이 오른쪽, 왼쪽으로 척척 나아갔다. 때로는 문을 열고 또 다른 복도로 들어가기도 했다.

내 머릿속은 완전히 혼란에 빠져버렸다. 그도 그럴 것이 시립 도서관 지하에 이런 대규모의 미로 같은 게 있다니, 이건 너무도 이상한 얘기인 것이다. 시립 도서관은 항상 예산 부족으로 쩔쩔매는 곳이라서 아주 작은 미로도 만들 만한 여유가 없을 터였다. 나는 노인에게 그것에 대해 질문해볼까 생각했지만 또다시 고함을 지르며 화를 낼까 봐 관두었다.

하지만 그 미로도 이윽고 끝이 나고 막다른 곳에 큼직한 철문이 보였다. 문에 '열람실'이라는 팻말이 걸려 있었다. 주위는 한밤중의 묘지처럼 고요했다.

노인은 호주머니에서 열쇠 꾸러미를 꺼내 절그렁거리는 소리를 내며 열쇠 한 개를 찾아냈다. 옛날 모델의 큼직한 열쇠였다. 그리고 문의 열쇠 구멍에 그것을 넣고 내 얼굴을 의미심장하게 흘끔 쳐다보더니 오른쪽으로 빙글 돌렸다. 덜컹 하는 큰 소리가 났다. 문을 열 때는 끼이이익 하는 몹시 기분 나쁜 소리가 주위에 울려 퍼졌다.

"자아, 됐어." 노인이 말했다. "들어가세."

"이 안으로, 말인가요?"

"그렇지."

"그런데 캄캄하잖아요." 나는 항의했다. 문 안쪽은 우주에 뚫린 구멍처럼 캄캄했다.

6

노인은 내 쪽을 향해 등을 꼿꼿이 세웠다. 등이 곧추서자 그는 돌연 큼직한 사람이 되었다. 희고 긴 눈썹 털 아래에서 저녁나절의 산양처럼 눈이 번쩍 빛났다.

"자네는 매사에 일일이 불평을 달아야 직성이 풀리는 성격인가?"

"아뇨, 그런 게 아닙니다. 다만 저로서는……"

"에잇, 시끄럽군." 노인은 말했다. "이러니저러니 따지고 들면서 남의 호의를 무시하는 녀석은 인간쓰레기야."

"죄송합니다." 나는 사과했다. "알겠습니다. 안에 들어

갈게요."

어째서 나는 이렇게 내 생각과는 전혀 다른 말이나 행동을 해버리는 걸까?

"안으로 들어가면 곧장 아래로 내려가는 계단이 나올 게야." 노인은 말했다. "굴러떨어지지 않게 손잡이를 단단히 붙잡도록 해."

나는 앞장서서 슬금슬금 앞으로 나아갔다. 뒤에서 노인이 문을 닫았기 때문에 주위는 완전히 캄캄한 어둠이었다. 철컥 열쇠를 채우는 소리가 들렸다.

"왜 열쇠를 채우세요?"

"이 문은 항상 열쇠를 채워두게 되어 있어. 그게 규칙일 세."

나는 포기하고 계단을 내려갔다. 긴 계단이었다. 그대로 브라질까지 가버릴 듯한 계단이었다. 벽에는 부슬부슬 녹이 슨 철 손잡이가 달려 있었다. 캄캄하고 한 줄기 빛조차 보이지 않았다.

계단을 다 내려선 곳에서 안쪽으로 어렴풋이 불빛이 보였다. 약한 전등 불빛이지만 오랜만에 환한 빛이 보여서 눈이 부셨다. 방 안쪽에서 누군가 나와서 내 손을 잡았다.
양의 모습을 한 조그만 사내였다.

"어서 와." 양 사나이는 말했다.

"안녕하세요?" 나는 말했다.

7

양 사나이는 진짜 양가죽을 뒤집어쓰고 있었다. 얼굴 부
분만 열려 있어서 거기로 두 개의 붙임성 있는 눈동자가
보였다. 그 모습은 그에게 잘 어울렸다. 양 사나이는 내
얼굴을 잠시 바라보았고, 이어서 내가 손에 든 세 권의 책
에 시선을 던졌다.

"너, 혹시 이곳에 책을 읽으러 온 거야?"

"네, 그렇습니다." 나는 대답했다.

"정말로 이곳에 책을 읽으러 오고 싶어서 온 거지?"

양 사나이의 말투는 어딘지 묘했다. 나는 머뭇거리며 대
답을 하지 못했다.

"똑똑히 대답해야지." 노인이 다그치듯이 내게 말했다.

"책을 읽고 싶어서 이곳에 오지 않았나, 엉? 어서 대답을 하게."

"네. 책을 읽고 싶어서 이곳에 왔습니다."

"거봐, 그렇지." 노인이 의기양양하게 말했다.

"하지만 선생님." 양 사나이가 말했다. "아직 어린애 아닙니까."

"에잇, 시끄러워." 노인은 돌연 바지 뒤편에서 짤막한 버드나무 가지를 꺼내 양 사나이의 얼굴을 비스듬히 찰싹 때렸다. "어서 독서실로 데려가란 말이야."

양 사나이는 난처한 표정을 보였지만 어쩔 수 없이 내 손을 잡았다. 버드나무 가지로 얻어맞는 바람에 입술 옆이 벌겋게 부어 있었다. "자, 가자."

"어디로 가는 거예요?"

"독서실이지. 너는 책을 읽으러 왔잖아?"

양 사나이가 앞장서서 좁은 복도를 걸어갔다. 내 뒤에서는 노인이 따라왔다. 양 사나이가 입은 옷에는 짧은 꼬리까지 정확히 달려 있어서 걸어갈 때마다 그것이 추처럼 좌우로 흔들흔들 흔들렸다.

"자아, 여기야." 양 사나이는 그렇게 말하고 복도 맨 끝에서 멈춰 섰다. "다 왔어."

"아, 잠깐만요, 양 사나이 씨." 나는 말했다. "혹시 이건 감옥 아닌가요?"

"그렇단다." 양 사나이는 고개를 끄덕였다.

"당연히 그렇지." 노인이 말했다.

8

"얘기가 다르잖아요." 나는 노인에게 말했다. "독서실에 간다고 해서 나는 이곳까지 따라온 거예요."

"속은 거란다." 양 사나이가 말했다.

"속았지, 아무렴." 노인이 말했다.

"어떻게 그런……"

"에잇, 잔소리가 많구나." 노인은 호주머니에서 버드나무 가지를 꺼내 높이 쳐들었다. 나는 당황해서 뒷걸음질을 쳤다. 그런 것으로 얼굴을 맞았다가는 견뎌낼 재간이 없다.

"이러니저러니 잔소리 말고 조용히 안으로 들어가. 그리고 책 세 권을 읽고 남김없이 외우도록 해." 노인은 말했다. "한 달 후에 내가 직접 와서 시험을 볼 게야. 만일 완전히 내용을 외운다면 이곳에서 내보내줄 테니 그리 알아."

나는 말했다. "이런 두꺼운 책을 세 권씩이나 어떻게 외워요? 게다가 어머니가 지금쯤 집에서 크게 걱정하실……"

노인은 이를 드러내며 버드나무 가지를 내리쳤다. 내가 얼른 몸을 틀자 그것은 양 사나이의 얼굴을 정통으로 맞혔다. 노인은 홧김에 다시 한 번 양 사나이를 때렸다. 참 끔찍한 얘기다.

"아무튼 이 녀석을 안에 처넣도록 해." 그렇게 말하더니 노인은 가버렸다.

"아프지 않아요?" 나는 양 사나이에게 물어보았다.

"괜찮아. 나는 이미 이런 일에 익숙해졌거든." 양 사나이는 정말로 아무렇지도 않은 듯이 말했다. "그보다 너를 이 안에 넣어야 해."

"싫다, 이런 곳에 들어가고 싶지 않다, 라고 내가 말하면

어떻게 되나요?"

"글쎄, 아마 내가 다시 된통 얻어맞겠지."

나는 양 사나이가 너무 가엾어서 얌전히 감옥에 들어갔다. 감옥 안에는 간단한 침대와 책상과 세면대, 수세식 변기가 있었다. 세면대에는 칫솔과 컵이 놓여 있었다. 둘 다 그다지 청결하다고는 할 수 없었다. 치약은 내가 싫어하는 딸기 맛이었다. 양 사나이는 책상 위 전기스탠드의 스위치를 몇 번 켰다 껐다 하고 있었다. 그리고 내 쪽을 돌아보며 빙긋 웃었다.

"어때, 그렇게 나쁘지 않지?"

9

"식사는 하루에 세 번 갖다 줄게. 세 시의 간식시간에는 도넛도 줄 거야." 양 사나이는 말했다. "도넛은 내가 직접 튀긴단다. 그래서 아주 바삭바삭하고 맛이 있어."

막 튀겨낸 도넛은 내가 가장 좋아하는 것 중의 하나다.

"자, 발을 내밀어봐."

나는 발을 내밀었다.

양 사나이는 침대 아래에서 묵직해 보이는 쇠공을 꺼내와 그 끝에 달린 사슬을 내 발목에 감고 열쇠를 채웠다. 그리고 그 열쇠를 가슴팍 호주머니에 넣었다.

"너무 써늘해요." 나는 말했다.

"응, 금세 익숙해질 거야."

"저, 양 사나이 씨. 정말 나는 이곳에 한 달이나 있어야 해요?"

"아무래도 그렇겠지?"

"하지만 시키는 대로 책을 모두 외우면 한 달 뒤에는 여기서 나가게 해주겠지요?"

"아니, 그런 일은 아마 없을 거야."

"그럼 나는 대체 어떻게 돼요?"

"그건 좀 말하기가 곤란한데." 양 사나이가 고개를 갸웃하며 말했다.

"제발 부탁이에요. 사실대로 말해주세요. 집에서 어머니가 걱정하면서 기다리고 있다고요."

"사실대로 말하자면 너는 톱으로 머리가 잘려나가게

돼. 그리고 뇌를 쭉쭉 빨아 먹힐 거야."

너무 놀라서 나는 한참 동안 아무 말도 하지 못했다. 그러고는 겨우 입을 열었다.

"혹시 아까 그 할아버지가 내 뇌를 빨아 먹나요?"

"응, 그렇단다." 말하기가 몹시 난처하다는 듯이 양 사나이는 말했다.

10

나는 침대에 앉아 머리를 움켜쥐었다. 왜 내가 이런 일을 당해야 하는 걸까. 나는 그저 도서관에 책을 빌리러 왔을 뿐인데.

"그렇게 실망할 거 없어." 양 사나이가 달래주듯이 말했다. "내가 지금 밥을 가져올게. 따끈따끈한 밥을 먹으면 다시 기운이 날 거야."

"저, 양 사나이 씨." 나는 말했다. "왜 그 할아버지는 내 뇌를 빨아 먹는 거예요?"

"그게, 지식이 가득 찬 뇌라는 건 무척 맛이 있거든. 아주 걸쭉하고 진해. 알맹이 같은 것도 많고."

"그래서 한 달 걸려 지식을 가득 채우게 한 다음에 그걸 빨아 먹는 거군요?"

"그렇단다."

"그건 너무 심하잖아요." 나는 말했다. "즉 빨아 먹히는 쪽의 입장에서 보자면 말이에요."

"하지만 그건 어느 도서관에서나 다 하는 일이야. 많든 적든."

나는 그 말을 듣고 어리둥절해져버렸다. "어느 도서관에서나 다 한다고요?"

"지식을 대출해주기만 하면 도서관은 계속 손해를 보게 되잖아."

"하지만 그렇다고 톱으로 머리를 자르고 뇌를 빨아 먹다니, 그건 너무한 거 같아요."

양 사나이는 난처한 표정을 지었다. "한마디로 너는 운이 나빴던 거야. 세상에는 말이지, 그런 일도 이따금 있는 거란다."

"하지만 어머니가 집에서 걱정하며 기다리고 있어요. 여기서 몰래 나가게 해줄 수는 없나요?"

"아니, 그건 안 돼. 만일 그런 짓을 했다가는 나는 벌로 송충이 항아리에 처박히게 돼. 송충이가 만 마리쯤 들어 있는 큼직한 항아리에 사흘 동안 갇히는 거야."

"아, 너무 지독해." 나는 말했다.

"그러니까 너를 여기서 내보낼 수는 없어. 딱하기는 하 지만."

11

양 사나이가 가버리자 나는 좁은 감옥에 홀로 남겨졌다. 딱딱한 침대에 엎드려 한 시간쯤 훌쩍훌쩍 울었다. 파란 색 메밀 베개가 눈물로 흠뻑 젖었다. 단단한 쇠공이 채워 진 발목이 몹시 무거웠다.

손목시계를 보니 바늘은 정확히 여섯 시 반을 가리키고 있었다. 어머니는 집에서 저녁밥을 차려놓고 내가 돌아오 기만을 기다릴 것이다. 시곗바늘을 보며 부엌에서 오락가

락하고 있을 것이다. 한밤중까지도 내가 돌아오지 않는다면 정말로 머리가 이상해져버릴지도 모른다. 그런 어머니인 것이다. 무슨 일이 생기면 나쁜 쪽으로만, 나쁜 쪽으로만 상상을 펼쳐나간다. 머릿속으로 나쁜 일만 상상하거나, 그렇지 않으면 소파에 주저앉아 언제까지고 텔레비전을 보고 있거나, 둘 중의 하나.

일곱 시에 누군가 문을 톡톡 두드렸다. 작은 노크였다.

"네." 나는 말했다.

문의 열쇠가 돌아가고 한 여자애가 서빙카트를 밀며 안으로 들어왔다. 보고 있기만 해도 눈이 아파질 만큼 아름다운 여자애였다. 나이는 나와 비슷한 정도일 것이다. 팔다리도 목도 조금 힘을 주기만 해도 뚝 부러질 것처럼 가늘었다. 곧게 뻗은 기다란 머리칼은 보석이라도 녹여 넣은 것처럼 반짝반짝 빛났다. 그녀는 나를 잠시 바라보더니 아무 말 없이 서빙카트에 실린 요리를 책상 위에 차려냈다. 그녀가 너무 아름다워서 나는 미처 입조차 열지 못했다.

요리는 아주 맛있어 보였다. 성게알 수프에 삼치 그릴구

이(사워크림을 끼얹은), 흰 아스파라거스 참깨무침, 상추와 오이가 들어간 샐러드, 따듯한 롤빵과 버터. 어떤 접시에서도 따끈따끈 김이 피어오르고 있었다. 그리고 큼직한 유리잔에 담긴 포도주스. 그만큼이나 차려내고 여자애는 손짓으로 내게 말을 건넸다. '자아, 이제 우는 건 그만두고 밥을 먹어야지.'

12

"너는 입으로는 말을 할 수가 없어?" 나는 소녀에게 물었다.

'응, 어렸을 때 성대를 망가뜨려버렸어.'

"성대를 망가뜨렸다고?" 나는 깜짝 놀라서 말했다. "대체 누가?"

여자애는 그 말에는 대답하지 않았다. 빙긋 미소를 지었을 뿐이다. 하지만 그건 주위의 공기가 스르르 옅어져버릴 만큼 멋진 미소였다.

'이해해줘야 해.' 여자애는 말했다. '양 사나이는 나쁜

사람이 아니야. 착한 마음씨를 가진 사람이지. 하지만 할아버지를 몹시 무서워하고 있어.'

"그건 물론 알아." 나는 말했다. "그래도 이건 좀⋯⋯"

여자애는 곁으로 다가와 내 손에 손을 얹었다. 작고 보드라운 손이었다. 내 심장은 자칫하면 소리도 없이 두 개로 갈라져버릴 뻔했다

'따뜻할 때 밥을 먹어.' 그녀는 말했다. '따뜻한 밥은 틀림없이 기운이 나게 해줄 테니까.'

그러고는 문을 열고 서빙카트를 밀며 방에서 나갔다. 오월의 바람처럼 사뿐한 몸놀림이었다.

밥은 맛있었지만 그중 반도 목에 넘어가지 않았다. 내가 집에 가지 않으면 어머니는 걱정을 하다 하다 또 머리가 이상해질 것이고, 그렇게 되면 나의 찌르레기는 모이를 받아먹지 못해 죽고 말 것이다.

하지만 어떻게 여기서 도망쳐야 할까. 발에는 묵직한 쇠공이 달려 있고 문에는 열쇠가 채워져 있다. 설령 문밖으로 나간다 해도 미로처럼 얽힌 긴 복도를 어떻게 찾아나

갈 수 있을까. 나는 한숨을 내쉬고 다시 조금 울었다. 하지만 침대에 쓰러져 혼자 울고 있어도 아무런 도움이 되지 않는다는 생각에 눈물을 닦고 남은 밥을 먹었다.

13

그러고 나서 나는 책상 앞에 앉아 책을 읽기로 했다. 탈출 기회를 잡기 위해서는 우선 상대를 방심하게 하지 않으면 안 된다. 시키는 대로 얌전하게 따르는 척하는 것이다. 그런 척하는 건 어려운 일이 아니었다. 왜냐하면 나는 원래부터 시키는 대로 얌전하게 해버리는 성격이기 때문이다.

나는 《오스만튀르크 제국 세금 징수인의 일기》를 골라 손에 들고 읽기 시작했다. 이 책은 고대 터키어로 쓰인 어려운 책이지만 이상하게도 별 어려움 없이 술술 읽을 수 있었다. 그뿐만이 아니라 일단 읽은 페이지는 한 마디도 남김없이 머릿속에 기억되었다. 어쩐지 뇌가 갑작스럽게 진하고 걸쭉해진 것 같았다.

나는 책장을 한 장 한 장 넘기면서 터키의 세금 징수인 이븐 알무드 하슈르가 되어 반월도를 허리에 차고 세금을 걷기 위해 이스탄불 거리를 돌아다녔다. 거리에는 과일이며 닭이며 담배며 커피 냄새가 탁한 강물처럼 눅진하게 드리워져 있었다. 대추야자며 터키 감귤을 파는 사람들이 길가에 앉아 큰 소리로 손님을 불러댄다. 하슈르는 온화한 성격의 사람으로, 세 명의 아내와 여섯 명의 아이들이 있다. 그는 집에서 잉꼬를 기르는데 그 잉꼬는 찌르레기 못지않게 사랑스러웠다.

밤 아홉 시 넘어서 양 사나이가 코코아와 쿠키를 들고 왔다.
"와아, 참 착하네. 벌써 공부를 하고 있구나." 양 사나이는 말했다. "하지만 잠깐 쉬면서 따뜻한 코코아를 마셔봐."
나는 책 읽기를 멈추고 따뜻한 코코아를 마시며 쿠키를 먹었다.
"양 사나이 씨." 나는 말했다. "아까 온 예쁜 여자애는 누구예요?"

"응? 예쁜 여자애라니?"

"저녁을 가져다준 여자애 말이에요."

"그거 이상하네." 양 사나이는 고개를 갸웃하며 말했다. "아니, 저녁은 내가 직접 여기로 가져왔었어. 그때 너는 침대에서 울다 잠들어 있었고. 나는 보다시피 그저 양 사나이일 뿐, 예쁜 여자애가 아니야."

나는 꿈이라도 꾸었던 걸까.

14

하지만 다음 날 저녁, 그 수수께끼의 소녀는 다시 내 방에 나타났다. 이번 식사는 감자 샐러드를 곁들인 툴루즈 소시지, 실꼬리돔 파르시, 새싹 샐러드, 큼직한 크루아상, 거기에 벌꿀이 들어간 홍차였다. 이건 보기만 해도 맛이 있을 것 같았다.

'천천히 먹어. 남기지 않도록.' 소녀는 손짓으로 내게 말했다.

"근데 너는 대체 누구야?" 나는 물어보았다.

'나는 나, 그저 그뿐이야.'

"하지만 양 사나이 씨는 네가 존재하지 않는다고 했어. 게다가……"

소녀는 작은 입술에 손가락 하나를 살짝 댔다. 나는 곧바로 입을 다물었다.

'양 사나이 씨에게는 양 사나이 씨의 세계가 있어. 그리고 나에게는 나의 세계가 있지. 너에게는 너의 세계가 있고. 그렇지?'

"그렇긴 하지."

'그러니까 양 사나이 씨의 세계에 내가 존재하지 않는다고 해서 나 자체가 존재하지 않는 건 아니야.'

"그러니까……" 나는 말했다. "그런 다양한 세계가 모두 이곳에 뒤섞여 있다. 너의 세계, 나의 세계, 양 사나이 씨의 세계. 서로 겹쳐진 부분도 있고 서로 겹쳐지지 않은 부분도 있다. 그런 얘기지?"

소녀는 작게 두 번 고개를 끄덕였다.

나 역시 완전히 머리가 나쁜 건 아니다. 다만 크고 검은 개에게 물린 뒤부터 그 작동 방식이 약간 일그러졌을 뿐이다.

책상을 마주하고 밥을 먹는 동안, 소녀는 침대에 걸터앉아 내 모습을 지그시 바라보았다. 자그마한 두 손은 단정하게 무릎 위에 놓여 있었다. 그녀는 아침 햇빛을 받은 섬세한 유리 장식품처럼 보였다.

15

"우리 어머니와 찌르레기를 한번 만나줬으면 좋겠는데." 나는 소녀에게 말했다. "찌르레기는 머리도 좋고 아주 사랑스러워."

소녀는 살짝 고개를 갸웃했다.

"어머니도 좋은 사람이야. 단지 나를 지나치게 걱정하시지. 내가 어렸을 때 개에게 물린 탓이지만."

'어떤 개?'

"아주 크고 검은 개야. 보석이 박힌 가죽 목걸이에 눈은 초록색, 다리가 아주 두툼하고 발톱이 여섯 개나 돼. 귀 끝이 두 개로 갈라졌고 코는 햇볕에 그을린 것 같은 갈색

이야. 개한테 물려본 적은 있어?"

'없어.' 소녀는 말했다. '자아, 이제 개에 대해서는 잊어 버리고 밥을 먹어.'

나는 말없이 밥을 먹었다. 그리고 벌꿀이 들어 있는 따뜻한 홍차를 마셨다. 그걸로 몸이 훈훈해졌다.

"근데 여기서 어떻게든 도망쳐야 해." 나는 말했다. "어머니도 걱정하실 테고, 찌르레기에게 모이도 줘야 하거든."

'도망칠 때, 나도 함께 데려가줄래?'

"물론이지." 나는 말했다. "하지만 잘될까? 내 다리에는 무거운 쇠공이 채워져 있고, 복도는 미로처럼 얽혀 있어. 게다가 내가 사라지면 분명 양 사나이 씨가 지독하게 시달릴 것 같아. 나를 놓쳐버렸다고."

'양 사나이 씨도 우리와 함께 가면 돼. 우리 셋이서 여기를 도망치는 거야.'

"양 사나이 씨가 우리하고 함께 갈까?"

아름다운 소녀는 빙긋 웃었다. 그리고 간밤에 그랬던 것처럼 살짝 열린 문 틈새로 사르륵 자취를 감췄다.

16

내가 책상을 마주하고 책을 읽고 있으려니 문 열쇠가 돌아가는 소리가 나고 양 사나이가 도넛과 레모네이드를 얹은 쟁반을 들고 방으로 들어왔다.

"지난번에 약속했던 도넛을 가져왔어. 방금 튀겨낸 거라 바삭바삭하고 맛있어."

"고마워요, 양 사나이 씨."

나는 책장을 덮고 당장 도넛을 베어 먹었다. 겉은 바삭하고 속은 녹아들듯이 부드러운 정말로 맛있는 도넛이었다.

"이런 맛있는 도넛을 먹어본 건 태어나서 처음이에요." 나는 말했다.

"내가 방금 만들었지." 양 사나이는 말했다. "가루도 내가 직접 반죽했어."

"양 사나이 씨가 어딘가에서 도넛 가게를 열면 아주 잘될 것 같은데요?"

"응, 그 점에 대해서는 나도 좀 생각해봤어. 그럴 수 있다면 정말 좋겠구나 하고."

"분명 잘될 거예요."

"하지만 아무도 나 같은 건 좋아하지 않을 거야. 이런 괴상한 꼴을 하고 있는 데다 이도 제대로 닦지 않았고."

"내가 도와줄게요." 나는 말했다. "도넛을 팔거나 손님과 이야기를 하거나 돈 계산을 하거나 홍보를 하거나 접시를 씻거나 그런 건 모두 내가 할게요. 양 사나이 씨는 안에서 도넛을 튀기기만 하면 돼요. 양치질하는 법도 알려줄게요."

"그랬으면 좋겠다." 양 사나이는 말했다.

17

양 사나이가 나가자 나는 다시 책을 읽기 시작했다. 《오스만튀르크 제국 세금 징수인의 일기》를 읽고 있는 사이에 나는 다시 세금 징수인 이븐 알무드 하슈르가 되었다. 낮에는 이스탄불 거리를 돌아다니며 세금을 걷고, 저녁이 되면 집에 돌아가 잉꼬에게 모이를 주었다. 밤하늘에는 면도날처럼 가늘고 흰 달이 떠 있었다. 멀리서 누군가 불

어대는 피리 소리가 들려왔다. 흑인 시종이 방에 향을 피우고 작은 파리채 같은 것을 가져와 내 주위에서 모기를 쫓아주었다.

침실에서는 세 아내 중 한 사람인 미소녀가 나를 기다리고 있었다. 이곳에 저녁식사를 가져다주는 소녀다.

'아주 좋은 달이군요.' 그녀는 내게 말했다. '내일은 초승달이에요.'

잉꼬에게 먹이를 줘야 해, 라고 나는 말했다.

'잉꼬에게는 방금 전에 모이를 주셨잖아요.' 소녀는 말했다.

"그렇구나. 방금 전에 줬지." 이븐 알무드 하슈르가 된 나는 말했다.

면도날 같은 환한 달이 소녀의 매끈한 몸에 주문처럼 신비한 빛을 던지고 있었다.

'좋은 달이에요.' 소녀는 다시 말했다. '초승달이 우리의 운명을 바꿔줄 거예요.'

"그랬으면 좋겠다." 나는 말했다.

18

초승달이 뜬 밤은 맹목의 돌고래처럼 살그머니 다가왔다.

저녁나절, 노인이 나를 살펴보기 위해 찾아왔다. 내가 책상 앞에서 열심히 책을 읽고 있는 것을 보고 노인은 무척 기뻐했다. 그가 기뻐하는 것을 보고 나도 조금 기뻐졌을 정도다. 무엇이 어찌 됐건 누군가 기뻐하는 모습을 보는 걸 좋아하는 것이다.

"응, 제법이야." 노인은 말하고 턱을 벅벅 긁었다. "생각했던 것보다 순조롭게 진척되고 있는 것 같구나. 제법 쓸 만한 녀석이야."

"네, 고맙습니다." 나는 말했다. 칭찬받는 것도 꽤 좋아한다.

"어서어서 책을 다 읽어치우면 여기서 얼른 내보내줄 수 있어." 노인은 내게 말했다. 그리고 손가락 하나를 번쩍 쳐들었다. "알겠는가?"

"네." 나는 말했다.

"무슨 불만은 없는가?"

"네." 나는 말했다. "어머니와 찌르레기는 건강하게 잘 있을까요? 그게 좀 마음에 걸리는데요."

"세상은 아무 일 없이 잘 굴러가고 있어." 노인은 심각한 얼굴을 하고서 말했다. "모두가 자신의 일을 생각하며 제각각 잘 살아가고 있어. 어머니도 그렇고 찌르레기도 그렇고. 다들 마찬가지야. 세상은 아무 일 없이 잘 굴러가고 있단 말이지."

무슨 말인지 잘 알 수 없었지만 나는 "네"라고 대답해두었다.

19

노인이 나가고 잠시 뒤에 소녀가 방으로 찾아왔다. 그녀는 여느 때처럼 살짝 열린 문 틈새로 들어왔다.

"초승달이 뜬 밤이야." 나는 말했다.

소녀는 조용히 침대에 걸터앉았다. 그녀는 몹시 지친 것처럼 보였다. 얼굴색이 평소보다 옅어졌고 희미하게 투명해서 건너편 벽이 보일 정도였다.

'초승달 때문이야.' 그녀는 말했다. '초승달이 우리 주위에서 여러 가지 것을 앗아가는 거야.'

"나는 눈이 좀 시큰거리는 정도인데?"

소녀는 내 얼굴을 보며 작게 고개를 끄덕였다. '너는 아무렇지도 않아. 그러니까 괜찮아. 분명 이곳을 무사히 빠져나갈 테니까.'

"너는?"

'내 걱정은 하지 마. 함께 갈 수는 없지만 나중에 틀림없이 따라갈 거야.'

"하지만 네가 없으면 나는 돌아가는 길을 알 수가 없어."

소녀는 아무 말도 하지 않았다. 내 곁에 다가와 뺨에 살짝 키스를 했을 뿐이다. 그러고는 다시 문 틈새로 사르륵 나갔다. 나는 멍하니 침대에 오랫동안 앉아 있었다. 소녀에게 키스를 받은 뒤, 내 머리는 크게 흐트러져서 거의 아무 생각도 할 수 없었다. 그리고 그와 동시에 나의 불안은 딱히 불안도 아닐 정도의 불안으로 바뀌어 있었다. 딱히 불안도 아닌 불안이라는 것은 결국 그다지 대단한 불안도 아닌 것이다.

20

이윽고 양 사나이가 찾아왔다. 손에는 도넛을 가득 담은 접시를 들고 있었다.

"어쩨 멍한 얼굴이구나. 어디 몸이라도 안 좋은 거야?"

"아뇨, 잠깐 뭔가 생각하고 있었을 뿐이에요." 나는 말했다.

"오늘 저녁에 여기서 도망칠 거라면서. 나도 함께 따라가도 될까?"

"물론 괜찮지만, 대체 누구에게서 그런 말을 들었어요?"

"어딘가의 여자애가 아까 복도에서 마주쳤을 때 알려줬어. 나도 너하고 함께 가기로 되어 있다나? 이 근처에 그런 예쁜 아이가 있었다니, 나는 전혀 몰랐어. 네 친구야?"

"예, 뭐." 나는 말했다.

"그렇구나. 나한테도 그런 멋진 친구가 있으면 좋을 텐데."

"여기서 빠져나가면 양 사나이 씨도 틀림없이 멋진 친구가 많이 생길 거예요."

"그랬으면 좋겠다." 양 사나이는 말했다. "만일 도망치는 데 실패했다가는 나도 너도 아주 지독한 꼴을 당하게 될 테니까."

"아주 지독한 꼴이라니, 혹시 송충이 항아리에 내던져지는 건가요?"

"응, 그런 거지." 양 사나이는 어두운 얼굴을 하고서 말했다.

만 마리의 송충이와 함께 항아리 안에서 사흘 동안을 보내야 한다고 생각하니 온몸이 오싹해졌다. 하지만 방금 튀겨낸 도넛과 소녀의 키스가 내 뺨에 남기고 간 따스함이 그런 불안을 어딘가로 떨쳐주었다. 나는 도넛 세 개를 먹었고 양 사나이는 여섯 개나 먹었다.

"배가 고프면 아무것도 안 되거든." 양 사나이는 변명하듯이 말했다. 그리고 굵은 손가락으로 입가에 묻은 설탕을 닦아냈다.

21

어딘가에서 괘종시계가 아홉 시를 쳤다. 양 사나이는 자리에서 일어나 양 의상의 소매를 몇 번 푸득푸득 털어서 몸에 잘 맞게 했다. 출발 시각이다. 그는 내 발에 채워진 쇠공을 풀어주었다.

우리는 방을 나와 어슴푸레한 복도를 걸었다. 나는 구두를 방에 남겨놓고 맨발로 나왔다. 내가 그 가죽구두를 어딘가에 두고 온 것을 알면 어머니는 화를 낼지도 모른다. 그것은 고급 가죽구두인 데다 생일날 어머니가 사준 것이다. 하지만 복도에서 큰 소리를 내서 노인이 잠을 깨게 할수는 없다.

큼직한 철문 앞에 도착하기까지 나는 계속 가죽구두를 생각했다. 양 사나이는 내 바로 앞을 걸어가고 있었다. 손에는 촛불을 들었다. 양 사나이는 나보다 머리 반절쯤 키가 작았기 때문에 내 코 바로 앞에서 두 개의 귀가 깡충깡충 위아래로 흔들렸다.

"저, 양 사나이 씨." 나는 작은 소리로 그를 불렀다.

"왜 그래?" 양 사나이도 작은 소리로 대답했다.

"할아버지는 귀가 잘 들리나요?"

"오늘 밤에는 초승달이 떴으니까 선생님은 지금쯤 방에서 푹 자고 있을 거야. 하지만 그렇게 보여도 매우 예민한 사람이야. 그러니까 구두에 대해서는 이제 잊어버리는 게 좋아. 구두는 다른 걸로 대신할 수 있지만 뇌나 목숨은 다른 걸로 대신할 수 없잖아."

"그래요, 양 사나이 씨."

"선생님이 잠에서 깨어 달려와 그 버드나무 가지로 나를 찰싹 내리치면 나는 더 이상 너에게 아무것도 해줄 수 없어. 너를 구해주는 건 불가능해. 그걸로 얻어맞으면 자유를 완전히 잃어버리거든."

"뭔가 특별한 버드나무 가지인가요?"

"흠, 글쎄." 양 사나이는 잠시 생각에 잠겼다. "극히 평범한 버드나무 가지 아닌가? 나도 잘 모르겠어."

22

"하지만 그걸로 얻어맞으면 양 사나이 씨는 아무것도 할 수 없게 되는 거예요?"

"응, 그런 얘기지. 그러니까 가죽구두에 대해서는 잊어버리는 게 좋아."

"네, 잊어버릴게요." 나는 말했다.

우리는 긴 복도를 잠시 아무 말 없이 걸어갔다.

"저기." 양 사나이가 조금 뒤에 내게 말을 건넸다.

"뭔데요?"

"구두에 대해서는 이제 잊어버렸어?"

"네, 잊어버렸어요." 나는 대답했다. 하지만 그 바람에 기껏 잊어버렸던 구두가 다시 생각나버렸다.

계단은 써늘하고 미끈거리고 돌 모서리가 뭉툭하게 닳아 있었다. 이따금 벌레 같은 것이 발에 밟혔다. 맨발이었기 때문에 어둠 속에서 뭔지 모를 벌레가 발밑에 밟히는 것은 그다지 기분 좋은 일이 아니었다. 부드럽게 물컹한 감촉이 있고 딱딱하게 찌지직 부스러지는 감촉도 있었다. 역시 구두를 신고 왔으면 좋았을 텐데, 라고 나는 생각했다.

긴 계단을 끝까지 올라가 가까스로 철문에 가 닿았다. 양 사나이는 호주머니에서 열쇠 꾸러미를 꺼냈다.

"조용히 열어야 해. 선생님이 잠에서 깨어나지 않게."

"네, 그래야지요." 나는 말했다.

양 사나이는 열쇠를 열쇠 구멍에 넣고 왼쪽으로 돌렸다. 덜컹 하는 큰 소리를 내며 자물쇠가 풀렸다. 그러고는 끼이이익 하는 귀에 거슬리는 소리가 주위에 울려 퍼지고 문이 열렸다. 전혀 조용하지 않았다.

"이 앞에는 상당히 복잡한 미로가 있었던 것 같은데요."

"응, 맞아." 양 사나이는 말했다. "분명 미로가 있었던 것 같기도 해. 잘 생각나지는 않지만, 뭐 어떻게든 되겠지."

나는 그 말을 듣고 조금 불안해졌다. 미로가 난처한 것은 내가 선택한 길이 옳은지 옳지 않은지 끝까지 가보지 않고서는 알 수 없다는 점이다. 그리고 끝까지 가서 잘못되었다는 것을 알았을 때는 이미 때늦은 일이 되는 경우가 많다. 그게 미로의 문제점이다.

63

23

양 사나이는 아니나 다를까, 몇 번이나 길을 잘못 들었
고 몇 번이나 되돌아왔다. 하지만 겨우겨우 목적지에는
조금씩 가까워지는 것 같았다. 이따금 멈춰 서서 벽을 손
으로 문지르고 그 손가락을 주의 깊게 핥아보았다. 웅크
리고 앉아 바닥에 귀를 찰싹 댔다. 천장에 거미줄을 친 거
미와 중얼중얼 이야기를 했다. 길모퉁이가 나오면 거기서
빙글빙글 회오리바람처럼 돌기도 했다. 그것이 양 사나이
가 길을 생각해내는 방법이었다. 보통 사람이 뭔가를 생
각해내는 방법과는 퍽 다르다.

그사이에도 시간은 쉴 새 없이 흘러갔다. 새벽이 가까워
지고 초승달의 어둠은 조금씩 부옇게 밝아져가는 것 같았
다. 나와 양 사나이는 걸음을 서둘렀다. 날이 밝기 전에
어떻게든 마지막 문까지 가 닿지 않으면 안 된다. 그러지
않으면 노인이 잠에서 깨어 나와 양 사나이가 사라진 것
을 알고 즉시 뒤쫓아올 것이다.

"너무 늦지 않게 갈 수 있을까요?" 나는 물었다.

"응, 이제 괜찮아. 이만큼 왔으니까 이제부터는 문제없어."

분명 양 사나이는 제대로 된 길을 생각해낸 것 같았다. 나와 양 사나이는 길모퉁이에서 길모퉁이로 복도를 빠르게 지나갔다. 이윽고 우리는 곧장 뻗어나간 마지막 복도로 나섰다. 막다른 곳에 문이 있고 그 문 틈새로 희미하게 빛이 새어나오고 있었다.

"어때, 내가 말했지? 분명하게 생각해낼 수 있다고." 양 사나이는 의기양양하게 말했다. "이제 저 문으로 나가기만 하면 돼. 그러면 우리는 이제 자유의 몸이야."

문을 열자, 그곳에서는 노인이 기다리고 있었다.

24

그곳은 내가 처음 노인을 만난 방이었다. 도서관 지하에 있는 107호실이다. 노인은 책상 앞에 앉아 내 쪽을 지그시 보고 있었다.

노인 옆에는 크고 검은 개가 있었다. 보석이 박힌 목걸이에 초록색 눈을 가진 개. 다리는 굵직하고 발톱이 여섯 개나 있다. 귀 끝이 두 개로 갈라졌고 코는 햇볕에 그을린 듯한 갈색이다. 아주 오래전에 나를 물었던 개다. 그 개는 피투성이가 된 나의 찌르레기를 이빨 사이에 단단히 악물고 있었다.

나도 모르게 작은 비명이 터져나왔다. 쓰러지려는 내 몸을 양 사나이가 받쳐주었다.

"여기서 너희를 내내 기다리고 있었어." 노인은 말했다. "참 오래도 걸렸구나, 엉?"

"선생님, 실은 이래저래 사정이 있어서……" 양 사나이가 말했다.

"에잇, 시끄러워." 노인은 큰 소리로 고함을 지르더니 허리에서 버드나무 가지를 뽑아 책상을 찰싹 내리쳤다. 개가 귀를 쫑긋 세우고, 양 사나이는 그대로 입을 다물었다. 주위가 몹시 괴괴했다.

"어디 보자." 노인은 말했다. "너희를 어떻게 해줄까?"

"초승달이 뜨는 밤에는 푹 주무시는 거 아니었어요?"

나는 머뭇머뭇 물었다.

"흥." 노인이 코웃음을 쳤다. "약아빠진 녀석이로군. 어디서 그런 걸 배웠는지는 모르겠다만 나는 그렇게 만만하지 않아. 너희가 무슨 생각을 하는지, 그런 것쯤은 대낮의 수박밭처럼 훤히 다 보여."

눈앞이 깜깜해졌다. 내가 경솔한 짓을 하는 바람에 찌르레기까지 희생되게 생긴 것이다. 구두도 잃어버렸고, 이제 어머니는 두 번 다시 만나지 못하리라.

"너, 이 녀석." 노인이 양 사나이를 버드나무 가지로 똑바로 가리키며 말했다. "너는 아주 잘 드는 칼로 갈기갈기 다져서 지네의 먹이로 던져줄 게야."

양 사나이는 내 뒤에 숨어서 부들부들 떨고 있었다.

25

"그리고 너." 노인이 나를 가리켰다. "너는 개의 먹이가 될 게야. 산 채로 천천히 개에게 뜯어 먹히게 해주마. 비명을 지르며 너는 죽어가겠지. 단 뇌는 내 것이야. 책을

68

제대로 읽지 않았으니 뇌의 걸쭉한 맛은 아직 덜하겠지만 그래도 상관없어. 쪽쪽 빨아 먹어주마.”

노인은 이를 드러내며 웃었다. 개의 초록색 눈이 흥분한 듯 번쩍 빛났다.

하지만 그때, 개의 이빨 사이에서 찌르레기의 몸이 점점 팽창해가는 것을 나는 깨달았다. 찌르레기는 이윽고 닭만큼 커져서 스크루 잭처럼 개의 입을 찢어 벌렸다. 개는 비명을 지르려고 했지만 이미 때는 늦었다. 개의 입이 찢어지면서 뼈가 튀는 소리가 들렸다. 노인은 당황해서 버드나무 가지로 찌르레기를 내리쳤다. 하지만 찌르레기는 더욱더 팽창해서 이윽고 암소만 한 크기가 되어 노인을 벽에 꾹 밀어붙였다. 좁은 실내는 찌르레기의 강한 날갯짓으로 가득 차버렸다.

‘자아, 지금이야. 어서 도망쳐.’ 찌르레기가 말했다. 하지만 그것은 소녀의 목소리였다.

“너는 어떻게 해?” 나는 찌르레기가 된 소녀에게 물었다.

‘내 걱정은 하지 말고. 나중에 틀림없이 따라갈 테니까. 자, 어서 서둘러. 그러지 않으면 너는 영원히 상실되고 말

아.' 찌르레기가 된 소녀는 말했다.

나는 그 말대로 움직였다. 양 사나이의 손을 잡고 문밖으로 뛰쳐나갔다. 뒤도 돌아보지 않았다.

이른 아침의 도서관에 사람의 기척은 없었다. 우리는 홀을 가로질러 열람실 창문을 안쪽에서 열고 구르듯이 밖으로 나왔다. 숨을 헐떡이며 공원까지 달려가 둘이서 잔디 위에 털썩 쓰러졌다. 눈을 감고 헉헉 숨을 쉬었다. 나는 꽤 오랫동안 눈을 감고 있었다.

눈을 떴을 때, 내 옆에 양 사나이의 모습은 없었다. 나는 일어서서 주위를 둘러보았다. 큰 소리로 양 사나이의 이름을 불러보았다. 하지만 대답은 없었다. 아침 해가 최초의 빛을 나무 잎사귀에 던지고 있었다. 양 사나이는 아무 말도 없이 어딘가로 사라져버린 것이다. 마치 아침 이슬이 증발하듯이.

26

집에 돌아오자 어머니가 식탁에 따뜻한 아침밥을 차려

놓고 나를 기다리고 있었다. 어머니는 내게 아무것도 묻지 않았다. 학교에서 돌아오지 않은 것에 대해서도, 사흘 밤을 어딘가에서 보내고 온 것에 대해서도, 구두를 신고 있지 않은 것에 대해서도 어머니는 무엇 하나 나무라지 않았다. 그것은 어머니로서는 무척 드문 일이었다.

찌르레기는 사라지고 없었다. 텅 빈 새장이 남겨져 있을 뿐이었다. 하지만 그것에 대해서 어머니에게 아무것도 묻지 않았다. 그것에 대해서는 언급하지 않는 게 좋을 듯한 마음이 들었기 때문이다. 어머니의 옆얼굴은 평소보다 아주 조금 그늘이 짙어진 것처럼 보였다. 하지만 내 눈에만 그렇게 보인 것뿐인지도 모른다.

그 이래로 나는 한 번도 시립 도서관에 가지 않았다. 나는 그 도서관의 높은 사람을 만나 그곳에서 내게 일어났던 일을 설명하고 도서관 안쪽에 지하 감옥 같은 방이 있다는 것을 알려주었어야 했는지도 모른다. 그러지 않으면 언젠가 다시 다른 아이가 나와 똑같은 일을 당할지도 모르니까. 하지만 저녁나절, 그 도서관 건물이 눈에 들어오기만 해도 내 발은 움츠러들었다.

이따금 나는 도서관 지하실에 남겨두고 온 새 가죽구두를 생각한다. 그리고 양 사나이를 생각하고, 말을 하지 못하는 아름다운 소녀를 생각한다. 대체 어디까지가 정말로 일어났던 일일까. 솔직히 말해 나는 확실한 것은 알지 못한다. 내가 알고 있는 것은 나의 가죽구두와 나의 찌르레기가 실제로 상실되었다는 것뿐이다.

지난주 화요일, 어머니가 돌아가셨다. 어머니는 원인을 알 수 없는 병으로 그날 아침, 사라지듯이 조용히 죽어버렸다. 조촐한 장례식이 있었고, 그걸로 나는 정말로 외톨이가 되어버렸다. 어머니도 없다. 찌르레기도 없다. 양 사나이도 없다. 소녀도 없다. 나는 지금, 새벽 두 시의 어둠 속에서, 홀로, 그 도서관 지하실에 대해 생각한다. 홀로 있으면 내 주위의 어둠은 매우 깊다. 마치 초승달이 뜬 밤처럼.

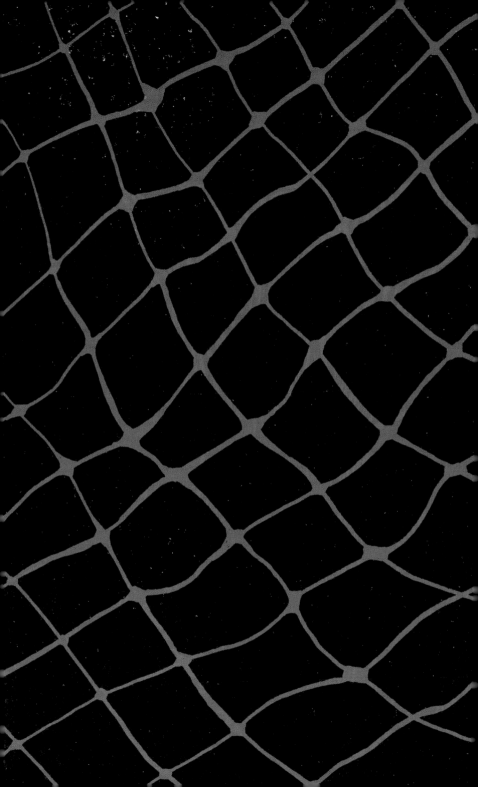